مجموعه محاکات کوتاه

در

زیر پوست غربت

نویسنده: محیا رضایی کلانتری

بر اساس طرحی از هاوار قاسمی

بهار ۱۴۰۲

Kidsocado Publishing House

سریال کتاب: P2345110137

عنوان: زیر پوست غربت

زیر نویس عنوان: مجموعه محاکات کوتاه

پدید آورنده: محیا رضایی کلانتری

صفحه آرا: نرگس تاج الدینی

شابک: ISBN: ۶-۰۰۶-۷۷۸۹۲-۱-۹۷۸

موضوع: داستان‌های کوتاه

مشخصات کتاب: Paperback Book ,A5

تعداد صفحات: ۸۶

تاریخ نشر در کانادا: جوئن ۲۰۲۳

Kidsocado Publishing House

خانه انتشارات کیدزوکادو

ونکوور، کانادا

تلفن: ‎+1 (833) 633 8654

واتس آپ: ‎+1 (236) 333 7248

ایمیل: INFO@KIDSOCADO.COM

وبسایت انتشارات: HTTPS://KIDSOCADOPUBLISHINGHOUSE.COM

وبسایت فروشگاه: HTTPS://KPHCLUB.COM

قوی سیاه فرهنگ ایران

آیا تا کنون یک قوی سیاه دیده‌اید؟

آیا شما هم باور دارید که تنها قوی سفید وجود دارد؟ باور به وجود قوی سیاه شاید دور از ذهن باشد؟ شاید هنوز یک قوی سیاه به چشم ندیده‌اید؟ قبل از کشف استرالیا هیچکس نمی‌دانست که قوی سیاه وجود دارد و همه خیال می‌کردند که امکان‌پذیر نیست اما زمان کشف استرالیا قوی سیاه که قویی بسیار زیبا و کمیاب بود دیده شد. و بسیاری از مردم باور کردند که قوی سیاه نیز وجود دارد.

و ما، یعنی خانه انتشارات کیدزوکادو، قوی سیاه را در فرهنگ ایران بوجود آوردیم. قوی سیاهی که امکان وجود و باورش سخت بود.

هم‌زبانان ما نیز از وجود یک انتشارات رسمی خارج از ایران که این امکان را به پدیدآورندگان یک اثر فرهنگی برای انتشار اثرشان در سراسر دنیا بدهد و همچنین دسترسی به کتاب فارسی را به علاقمندان کتاب در سراسر دنیا آسان کند، خبر نداشتند و انتشار و تهیه کتاب فارسی از یک بستر جامع مانند قوی سیاه غیر ممکن به نظر می‌رسید.

افتخار داریم که سهم کوچکی در گسترش فرهنگ غنی‌مان داریم و امکان انتشار آثار به فارسی و هر زبان دیگری را برای اولین بار برای نویسندگان فارسی‌زبان میسر کردیم. امکان جهانی‌شدن پیامشان و رسیدن صدایشان به دنیا را...

و اما برای ما غربت‌نشینان، سفارش کتاب فارسی از **آمازون** و یا هر وبسایت کتاب‌فروشی و دریافتاش درب خانه، لحظه گشودن آن بسته، بوی کتاب و ارتباط با زبان مادری بسان دیدن قوی سیاه شگفت انگیز است.

در رسالت ما یعنی، در دسترس گذاشتن سریع و آسان، آثار و فرهنگ غنی ایران و معرفی نویسندگان ایرانی به فرزندان ایران، به کتاب دوستان ایرانی و به تمام دنیا، همراه ما باشید

Read the words feel the world. **بخوانید تا دنیا را احساس کنید.**

Let The World Reach your Words. **پیام‌تان را جهانی کنید.**

خانه انتشارات کیدزوکادو

فهرست:

گودک جانم!

با این کتاب یادم می‌مونه اگه تو نبودی

زیر پوست غربت، خیلی بیشتر از این‌ها سخت می‌گذشت

اولین **قدم** این است که

قلم را برداری و **رقم** بزنی

آنچه را که هنوز اتفاق نیفتاده!

شوگرِ بی‌بی

خودش بهتر می‌دانست کار زیادی از دستم برنمی‌آید اما چاره‌ای نداشت. دست‌کم تنها کسی بودم که می‌توانست آنچه سوهان روحش شده را بی‌پروا بر زبان آورد؛ بی‌آنکه نصیحت و مواخذه‌ای بشنود. به قول خودش به این دلیل مشورت با من را انتخاب کرده بود چون بلدم کِی آدم‌ها را دوست داشته باشم و اگر لازم باشد کِی از همه‌شان انتقام بگیرم.

بعد از این‌که یک دل سیر اشک‌ها را خرج آستین نم‌دارش کرد، نشست به تعریف. بی‌مقدمه گفت که اسمش را «شوگرِ بی‌بی» گذاشته و این‌طوری راحت‌تر می‌تواند درباره‌اش حرف بزند.

از شانس، امروز سرعت اینترنت خیلی اذیت‌مان نکرد و همان پشت لنز فهمید به زور لبانم را جمع می‌کنم تا خنده‌ام ناراحتش نکند که ناگهان گفت:

«بـــخند بابا راحت باش. خـــودم هر دفعه به این اسم مسخره فکر می‌کنم،

خنده‌ام می‌گیرد ولی واقعا چیز دیگری به ذهنم نرسید. می‌دانی چرا اسمش را شوگر بی‌بی گذاشته‌ام؟ چون مثل بچه‌ها دل‌پاک و شیرین است! هر چند که درست عین همان بچه‌ها هم لجباز و حرف نشنو!»

نمی‌دانم چند ساعت و چند روز و چند هفته گذشت تا دلش آرام شود که همه چیز را گفته. آخر به قول خودش از آن ماجراها بود که باید با یکی درباره‌اش بلند فکر کند تا دیوانه نشود.

قصه‌اش که تمام شد این واژه شوگر بِی‌بی را به قدری در گوشم چپانده و چنان تصویری در ذهنم ساخته بود که فقط گفتم: «چه حیف! این واژه قند و نباتی را هر کسی بشنود، اول یاد همان شوگر ددی و شوگر مامی‌هایی می‌افتد که پول، چفت و بست‌شان داده ولی تو چه توصیف جذابی از او و ماجرای‌تان داشتی!»

به نشانه تأیید لبخندی زد و دوباره سر درد دلش باز شد: «می‌بینی؟ چقدر بد است آدم‌ها کلمه‌های به این زیبایی را اسیر معناهای بی‌محتوا می‌کنند! هر چند اصلا مگر مهم است؟ احتمالا فقط من و تو شوگر بِی‌بی را طور دیگری معنی می‌کنیم تا روزی که بمیریم. البته دور از جان تو ولی به خدا من به قدری خسته‌ام که همین فردا هم بمیرم راضی‌ام. تو بگو! من چه خاکی بر سرم بریزم؟ دقیقاً وسط این همه کُشت و کُشتار و مردمی که فریاد «زن، زندگی، آزادی» سر می‌دهند، چه کسی درد من را می‌فهمد؟ من نمی‌دانم آن‌ها از این انقلاب چه می‌خواهند اما به خدا کسی که امروز اسیر هر ۳ کلمه زن و زندگی و آزادی شده، منم! بمیرم برای مهسا امینی.

می‌گویند در خانه، ژینا صدایش می‌کردند، چه قشنگ! نه؟ کاش واقعاً من جای او و همه بچه‌هایی که این روزها کشته می‌شوند، می‌مردم. مهسا که هنوز نه جوانی کرده و نه لباس عروس پوشیده بود باید زنده می‌ماند نه من که معلوم نیست روزگار می‌خواهد انتقام چه چیزی را ازم بگیرد؟»

سوال عجیب و به غایت درستی بود. زنی که همیشه به پشتوانه تصمیم‌های به ظاهر منطقی‌اش یک زندگی روبراهی برای خود دست و پا کرده و در حد توان از دل هر سختی، موفقیتی زاییده بود؛ حالا که به اندکی از نشانه‌های ثبات و آرامش رسیده چرا باید درگیر چنین اتفاقاتی شود؟

صدایش من را به خودم آورد: «تو که از بچگی من را می‌شناسی! آخر چرا من؟ مگر کم سختی کشیدم؟ یک عمر در عذاب وجدان زندگی کردم که نکند کاری برای کسی از دستم برمی‌آمده و نکردم! از وقتی یادم هست حرص این و آن را خورده‌ام. هر چه بیشتر دنبال این هستم که همه چیز درست سر جایش باشد؛ دنیا، بیشتر بهَم ریختگی‌هایش را به رُخم کشید. واقعاً نمی‌دانم اگر یک روز به من بگویند می‌توانی برای خودت آزادانه زندگی کنی آن روز باید چه کار کنم! اصلا چه چیزی خوشحالم می‌کند؟!»

خنده تلخی ناخودآگاه با کلامم آمیخــــته شد وقتی جوابش را دادم: «بله می‌شناسمت. همیشه هم گفته‌ام تو اول عذاب وجدان بودی بعد دست و پا درآوردی! می‌دانم که باید همه این‌ها را به کسی می‌گفتی. می‌دانم این غم‌باد لعنتی یک بلای جدید شده روی همه درد و مرض‌های قبلی‌ات، ولی انتظار

نداشته باش من به تو بگویم چه کاری درست است. اگر نمی‌شناختمت، اگر ندیده بودم بعد از ازدواج برای زندگی‌تان چه کارها کرده و چه سختی‌ها کشیده‌اید، اگر کنار هم این‌قدر زیبا و بی‌نقص نبودید، اگر دست‌کم همسرت فقط کمی آدم بدی بود، می‌گفتم برو دنبال همین شِکربچه بازی‌ها. ولی من تو را می‌شناسم و می‌دانم این بچه آن‌قدری هم که تو می‌گویی خوب نیست. در تعریف موضوع حواسم بود که گاهی لحنت نشان از دلخوری داشت اما بدی‌هایش را به زبان نمی‌آوری چون دلت نمی‌آید و می‌ترسی بعدش عذاب وجدان بگیری. کاش او هم اینجا بود و حال تو را می‌دید. کاش خبر داشت این چند وقت چه کشیده‌ای! متأسفم که نه راه حلی به ذهنم می‌رسد نه جوابی برایت دارم. فقط می‌توانم خفه شوم و چیزی نگویم اما می‌دانی از چه نگرانم؟ از این‌که مطمئنم این‌قدر که تو برای همه وجدان درد می‌گیری، آن‌ها به فکرت نیستند. این بچه اصلا خبر دارد که تو چرا...»

هنوز جمله‌ام تمام نشده بود که بلندترین خنده عمرم را شنیدم. از آن قهقهه‌های نگران‌کننده که می‌دانستم آخرش به هق‌هق گریه‌ای سوزناک بدل می‌شود و شد. درست روی نقطه دردش دست گذاشته بودم بی‌آنکه درمانی برایش داشته باشم. این بار من دچار عذاب وجدان شدم و ترجیح دادم حرفم نصفه بماند.

وسط مکالمه تصویری، رفت آبی به دست و صورتش زد و بی‌آنکه نگاهم کند، گفت: «معلوم است که خبر ندارد. دیگر حتی با خودم هم راجع به این موضوع حرف نزن. چون دلم نمی‌خواهد به آن فکر کنم. نگذار پشیمان شوم

که چرا به تو گفتم. اگر می‌خواستم بداند مطمئن باش تا حالا گفته بودم. متوجه هستم که پنهان کردن این قضیه برای تو سخت‌تر است چون من برای اینکه بار خودم را سبک کنم روی دوش تو انداخته‌ام ولی بیا برای اینکه دیگر سراغ آن موضوع نرویم یک کاری کن!»

طاقت دلهره جدید را نداشتم و او از نگاهم ترس را خوانده بود که گفت: «چرا ترسیدی! اتفاقاً راحت‌ترین کاری است که از تو می‌شود خواست. بنویس. دلم می‌خواهد این اتفاق هرطوری که ممکن است، ثبت شود. تو هم که این روزها درگیر پوشش اتفاقات ایران هستی، قصه برای نوشتن زیاد داری. مگر نگفته بودی که در پیج اینستاگرامت از همه خواسته بودی هر موضوع، دغدغه، یا حتی تجربه‌ای دارند، برایت تعریف کنند تا قصه‌شان را بنویسی؟ مگر نگفتی (ش) و (ت) و چند آدم دیگر برایت از داستان زندگی‌شان گفته‌اند اما نگران بودند اگر عین به عین در صفحه‌ات روایت‌شان کنی بسیاری از دوستان مشترک بفهمند و برای‌شان گران تمام شود؟ اصلا مگر همین الآن خودت در این وضعیت، دور از مملکت کم دهنت صاف نشده با آن همه اتفاقات عجیب و غریب؟ مگر تمام این چند وقت پای پست و استوری‌هایت هشتگ "زیر پوست غربت" نزدی و گفتی: آدم فارغ از اینکه کجا زندگی کند، یک وقت‌هایی غربت را زیر پوست تنش با تک تک سلول‌هایش احساس می‌کند؟ حتی یادم هست یکبار گفتی مهاجرت فقط باعث می‌شود یادت بیاید که همیشه در غربت بودی... یا یک چنین چیزی!»

حرفش را اصلاح کردم: «یک بیت شعری به احوالاتم نزدیک است فکر کنم آن را می‌گویی که زیاد هم می‌خوانم: سراسر با دل تنگم یه جنگ تن به تن دارم/ نه در غربت دلم شاد و نه جایی در وطن دارم.»

گفت: «آها آره همین. خب بیا از دل همه این‌ها یک قصه تازه بنویس! باور کن خیلی‌ها شبیه ما زندگی می‌کنند. من که معتقدم کره زمین از ازل تا ابد کلاً بیشتر از چهار تجربه مشترک به خودش ندیده که آن هم مدام در زندگی چند میلیون آدم، نسل به نسل تکرار می‌شود. تاریخ هم ثابت کرده همه قصه‌های دنیا یا سر قدرت بوده یا عشق یا ثروت یا یک چیزی در همین مایه‌ها. نسل‌های قدیم یک دور همه این‌ها را تجربه کردند، مُردند، حالا هم نوبت ماست که آن‌ها را تکرار کنیم. شروع کن بنویس ببین چند نفر بعد از خواندن بگویند که این کتاب انگار روایت زندگی آن‌هاست! یعنی به عنوان یک زن این‌قدر آزادی نداریم که گوشه‌ای از زندگی‌مان را تبدیل به قصه کنیم؟»

و من شروع کردم به نوشتن محاکاتی مستقل در پیکره‌ای یکپارچه با جا گذاشتن رد پایی از احوالات یک زن در روزگار تبلور «زن، زندگی، آزادی».

پراکنده‌گویی: از واژه عشق گرفته تا انقلاب، هیچ مفهومی در این جهان توسط همه مردم به طور یکسان درک نمی‌شود، بنابراین انقلاب‌ها به صورت فردی و در یک توالی نامتناهی رخ می‌دهند. آنچه در رخدادهای اجتماعی « انقلاب » تلقی می‌شود؛ صرفاً یک تشابه اسمی با همان انقلاب درونی است که عامدانه برای مفاهیم سیاسی توسط قدرت‌ها نام‌گذاری شده است. انقلاب اصیل را باید در عشق جست‌وجو کرد نه کشتار و خون.

الفبای غصه

اولین روزی که دیدمش غصه‌دار بود.

و من غصه را خوب می‌شناسم.

با درد و زخم و بلایی که سر آدم می‌آورد، آشنایم.

شاید برای همین تاب تماشای آدم‌های غصه‌دار را ندارم.

من فکر می‌کنم هر جا که نمی‌شود غصه آدمی را از دلش برداشت؛

باید او را دوست داشت.

دوست داشتن معجزه می‌کند.

من دوست داشتن را بلدم.

می‌دانم چقدر مهم است.

دوست داشتن!

اصلا مسأله پیش پا افتاده‌ای نیست که آدم الکی خرج هرکسی کند.

چشم، بهترین راه انتخاب آدم‌ها برای دوست داشتن است.

حتی از پشت لنز.

حتی فرسنگ‌ها دورتر.

ادا و اطواری‌ترین چشم‌ها نیز دروغ نمی‌گویند.

من بلدم وجود آدم‌ها را با تمام وجود دوست بدارم.

و این شاید تنها هنر من باشد.

حتی به غلط...

تو چقدر دوست داشتن را بلدی؟!

پراکنده‌گویی: کاش ما جنبندگان این جهان، اسرار باشکوه آفرینش را قربانی چارچوب‌های مندرآوردی خودمان نکنیم!

مادر و پسری

بین روابط پیچیده و متنوع آدم‌ها، به نظر من «مادر و پسری» زیباترین شکل رابطه است.

دو جنس از دو سیاره متفاوت اما به شدت تنیده در روح و روان هم، توأم با مهربانیِ بی‌توقع.

از آن وقت که پسرک با نیم‌وجب قد در آغوش مادر جا خوش می‌کند تا روزی که بزرگ می‌شود و شانه‌هایش پهن، طوری که مادر در آغوش او گم می‌شود... لحظه به لحظهٔ روند این پارادوکس، پر از لذت و زیبایی است.

اگر دنیا با وجود این همه داغ سنگین، هنوز خورشیدش طلوع می‌کند و فصل‌هایش عوض می‌شوند، به این خاطر است که زن‌ها بلدند برای همه حتی کسانی که هم‌جنس و حتی گاهی هم‌خون خودشان نیستند؛ مادری کنند.

همه زن‌ها بلدند برای کسی یا کسانی دعا کنند، از دور و نزدیک مراقب‌شان باشند، برای غم‌شان غم‌خوار شوند و از خوشی آن‌ها خوشحال.

همه زن‌ها برای کسی یا کسانی مادرند حتی اگر هرگز بچه‌ای به دنیا نیاورند.

همه زن‌ها فارغ از فاکتورهایی چون سن و سال، زایش و... وقتی بی‌توقع دل‌نگران کسی یا کسانی هستند؛ مادرند.

تقـــدیم به روان پاک و معصوم سید محمد حسینی که مادرش/کشورش ٭ایران خانم زیبا٭ در غم او به سوگ نشسته و ما آن‌قدر غریبه بودیم که بعد از اعدام ناجوانمردانه‌اش فهمیدیم دوست داشت، «کیان» صدایش کنیم.

تقدیم به تمام مادرانی که از موهبت داشتن پسرانی برومند برخوردارند.

تقدیم به پسرهایی که بلدند قدر بدانند و قدرشناس مادران و زنانی بمانند که حتی برای لحظه‌ای دل‌سوز و دل‌نگران‌شان بودند.

> پراکنده‌گویی: ویژگی‌های تو بعد از مرگ دیده می‌شود
>
> و چون مرگت حتمی است، پس حتما دیده می‌شود.
>
> ولو برای چند روز در فضای مجازی.
>
> دیگر پذیرفته‌ام که آدم‌ها بعد از مرگ بیشتر دوستم خواهند
> داشت. عادت کرده‌ام به تماشای نمایش‌شان برای ابراز علاقه
> به انسان‌های مرده.

خاطره کلاسِ دزدی

درس امروز ما «دزد» شدن بود. می‌خواست یادمان بدهـد چطـور «دزد» باشیم و چگونه «دزدی» کنیم. من و چهارده نفر دیگر را همراه خودش به نمایشگاه کتاب برد. جایی شلوغ و درهم، مناسب برای دزد و دزدی. البته فقط اجازه داشتیم هر چه می‌گوید بدزدیم و گفته بود کتاب. آن هم در عرض پانزده دقیقه. اگر یک ثانیه دیرتر می‌شد باید دوباره از نو شروع می‌کردیم و این یعنی سال‌ها عقب‌گرد. هنوز هم وقتی فکرش را می‌کنم به اندازه همان لحظه اول تپش قلب می‌گیرم.

تا یک ثانیه قبل از اینکه بگوید «حالا بروید» همه چیز به نظرم شوخی بود ولی بعدش انگار تازه فهمیدم چه خبر است! گوش‌هایم سوت کشید. چشمانم نمی‌دید. بدنم خالی کرده بود. فقط ۳ ثانیه طول کشید که اول بی‌خیال و دوباره غیرتم تحریک شود که کم نیاورم. در همین ۳ ثانیه اما همه این سال‌ها جلوی چشمم رژه رفت. زور داشت به عقب برگردم.

مانتوی گشادی پوشیده بودم که به راحتی می‌شد یک گاوصندوق را زیر آن پنهان کرد اما گفته بود اجازه نداریم کتاب دزدی را قایم کنیم. بی‌هدف لای غرفه‌ها می‌چرخیدم. نمی‌دانستم از کجا شروع کنم؟ چندتا بردارم؟ اصلا چه کتابی بردارم؟

به خودم گفتم حالا که وارد مهلکه شده‌ام (جرأت نداشتم حتی پیش خودم بگویم دزدی می‌کنم) دست‌کم کتابی باشد که دوستش دارم. پس سه تا از انتشاراتی‌های محبوبم را نشانه گرفتم که در سه راهروی مختلف قرار داشتند. زمان هم مثل باد سپری می‌شد. داشتم انتشاراتی اول را نگاهی سرسری می‌انداختم که یکی از همکارانم را دیدم. وحشتناک بود. چشم بسته فرار کردم و به غرفه بعدی رفتم.

کتابی را جست‌وجو کردم که هیچ‌وقت پولم به خرید آن نمی‌رسید. از متصدی پرسیدم کتاب (...) را دارید؟ گفت تمام شده و باید تا فردا صبر کنم. من هم که چنین فرصتی نداشتم. پس دیدن باقی کتاب‌ها بی‌معنی بود. رفتم به غرفه سوم.

به قدری جدی دنبال یک کتاب مورد علاقه می‌گشتم که از اساس فراموش کرده بودم این‌جا چه می‌کنم. غرفه سوم هم چیزی پیدا نشد. به ناچار سمت غرفه اول برگشتم. متاسفانه همکارم هنوز آنجا بود. نزدیکش شدم و کمی گپ زدیم.

همینطور که صحبت می‌کردیم نفهمیدم کِی و چطور دستم رفت سمت کتابی که سال‌ها پیش به کسی قرض داده بودم و هرگز به من بازنگردانده بود. چقدر حرص خورده بودم و چقدر ناراحت از دست دادنش بودم ولی حالا همان کتاب در دستم بود. با خودم گفتم: «یس. همین را می‌خواستم!!!»

با چنان اعتماد به نفسی کتاب را برداشتم و همان‌طور که حرف می‌زدیم تورق کردم که هیچ‌کس متوجه کارم نشد. در آرامش خداحافظی کردم و با کتاب دزدی در دست، خودم را به بقیه رساندم. تقریباً همه رسیده بودند. بعضی‌ها با احساس پیروزی، بعضی‌ها ترسیده و بعضی هم دست‌خالی و شکست‌خورده.

یکی از بچه‌ها با کتابی بسیار سنگین و گران‌قیمت آمد. او را که دیدم وا رفتم. آنچه او دزدیده بود در قبال کتاب من حکم شتر دزد و تخم مرغ دزد را داشتیم.

از او پرسید: «چرا این کتاب را دزدیدی؟» جواب داد: «ببینید چه نفیس و بزرگ است! معلوم است چون از همه سخت‌تر بود.» معلوم بود خیلی از خودش راضی است اما در کمال تعجب جلوی چشم همه ما او را مــردود کرد با اکتفا به این جمله که: «سعی بیهوده ارزنی نمی‌ارزد».

نوبت من رسید. پرسید: «تو چرا دزدیدی؟» قصه قرض دادن این کتاب، علاقه‌ام و بازنگرفتنش را با جزئیات تعریف کردم. گفت: «پس خواهانش

بودی». گفتم: «بله. زیاد». دیدم به علامت رضایت سرش را تکان داد. همه‌پرسی که تمام شد، اعلام کرد که حالا هر کتاب را از هرجا برداشتیم بگذاریم سر جایش. ضمن اینکه این‌دفعه فقط ۵ دقیقه وقت داریم.

آه نه! من فکر می‌کردم بازی تمام است. قبح دزدی برایم ریخته بود. تصورم این بود حالا برای خواسته‌ای که زحمت کشیده بودم باید جایزه هم بگیرم. دنیا دور سرم چرخید. از فکر آن همه استرس و تپش قلبِ دوباره داشت گریه‌ام می‌گرفت. چاره‌ای نبود. به هر ترتیب رفتم و سر جایش گذاشتم.

جالب اینکه هنگام برگشت، کمتر ترسیده بودم و دیگر گوش‌هایم سوت نمی‌کشید. فقط وقتی دقیقاً داشتم سرجایش می‌گذاشتم احساسم این بود که انگار پرنده‌ای را از قفس رها می‌کنم، رویش دستی کشیدم و خندیدم.

آخر بازی ۶ نفر بیشـــتر نماندیم. بقیـــه را سر کلاس راه نـــداد. گفت: «آن‌ها فقط دزدند. شکارچی نیستند. در واقع هدف ما شکار بود اما می‌دانستم واژه -دزدی- برای‌تان هیجان‌انگیزتر است. یادتان باشد کسی با دزدی بزرگ نمی‌شود. یک شکارچی باید برای شکارش هدف داشته باشد. باید بداند چه می‌خواهد و چرا می‌خواهد. سنگین‌ترین و گران‌ترین کتاب وقتی به درد تو نخورد، چه ارزشی دارد؟»

با برقی که در چشمانش مشهود بود، ادامه داد: «شکارچی باید عاشق شکارش باشد. اگر عاشق شکارت نباشی هم تو آسیب می‌بینی هم او بی‌مصرف

می‌ماند. شکارچیِ عاشق، بی‌نیاز است چون آنقدر به خواسته‌اش ایمان دارد که می‌داند هر لحظه در بدست آوردنش تواناست اما نکته مهم اینجاست که باید احساس بی‌نیازی را به شکار هم منتقل کند. باید شکار با دیدن شکارچی عاشق، نترسد و چنان حالش خوب باشد که بعد از شما دزد را از شکارچی تشخیص بدهد. باید با پای خودش به سمت شما بیاید. گویی که صید، به دنبال صیاد می‌رود. تا جایی که دیگر خودت هم فراموش کنی روز اول شکارچی بودی یا شکار! و همه این‌ها اتفاق نمی‌افتد مگر این‌که شکار و شکارچی بخشی از روح و روان هم را لمس کرده باشند.»

پرسیدم: «سوژه دزدی ما که شیء بود. مگر کتاب‌ها هم جان دارند که ما را لمس کنند؟»

لبخندی زد و فرآیند از دست دادن کتاب قرضی تا جاگذاری خودخواسته همان کتاب را در نمایشگاه برایم تعریف کرد. فقط لحنش باعث شد خودم به جواب برسم.

بعد گفت: «وقتی با یک کتاب بی‌جان بتوانید به بی‌نیازی برسید ببینید با آدم‌ها چه تجربیات باشکوهی خواهید داشت!»

در راه بازگشت مدام حرف‌هایش را در دلم مرور می‌کردم. یک آن به خودم آمدم دیدم اصلا دیگر نه آن کتاب دزدی را می‌خواهم نه حتی همان کتاب

اولی که قرضش داده بودم چون تمام این اتفاقات باعث شد احساس کنم هر زمان یادش کنم خودش را به من می‌رساند.

پراکنده‌گویی: رهایش کردم. نه برای اینکه از دستش بدهم، دوست داشتم در کمال بی‌نیازی ببینمش

بلوند

هیچ وقت فرصت نشد موهایم را دوست داشته باشم.

هرچه تعریف خوشایند شنیدم برمی‌گردد به دوران کودکی و سن و سال قبل مدرسه یا مهمانی و دورهمی‌های فامیلی و خصوصی.

«عروسک»، «جوجه‌طلایی»، «طلا خانم»، «امریکایی»، «خارجی»... شنیدن همین واژه‌ها بود که زهر طعنه و کنایه‌های مربوط به لاغری و ریزه میزه بودنم را تا حدی خنثی می‌کرد.

همان وقت‌ها فهمیدم آدم بزرگ‌ها روانی‌اند. در عین حال که با یک تعریف ساده از رنگ مو، تو یک الف بچه را به اوج خیال می‌برند، با چشمان‌شان قد و بالای نحیفت را برانداز می‌کنند و دنبال واژه‌ای برای له کردنت می‌گردند. واژه‌هایی که حتی الان هم یادشان حالم را بد می‌کند و دوست ندارم اینجا ثبت شود.

هیچ‌وقت نفهمیدم فازشان چیست! هنوز هم! فقط هرچه گذشت مطمئن‌تر شدم که روانی‌اند!

حالا تصور کنید یک بچه با چنین تجربه‌ای وارد مدرسه می‌شود که مثلا قرار است آنجا راه و چاه زندگی را یادش دهند.

دو سه سال اول ابتدایی چندان بد نبود. هر چه بزرگ‌تر شدم اما این رنگ مو، خاری شد به چشم ناظم و مدیر و معلم پرورشی، بعدها هم حراست خوابگاه و دانشگاه و سپس انتظامات و حراست هر قبرستانی که مشغول به کار شدم.

دست‌های زیادی به سمت مقنعه و روسری‌ام رفت تا حجابم را سامان دهد. هیستریک شده بودم. هنوز هم دست کسی سمتم می‌آید ناخودآگاه خودم را عقب می‌کشم.

۱۹ ساله بودم که اولین تعهد جدی‌ام را در دوران دانشگاه به سرپرست خوابگاهی دادم که من را با عبارت «موهای زردِ دختر خرابی» به جای «بلوند» خطاب کرده بود.

فقط به جرم اینکه چون رنگ مویم روشن است باید پوششم سفت و سخت‌تر از بقیه باشد زیرا مسئولیت سنگین‌تری در قبال مردان جامعه و دنیای آخرت نزد خداوند دارم.

از بدو ورود گشت ارشاد هم که به ترس و ضربان قلب بالا در خیابان‌های شلوغ عادت کرده بودم.

آنقدر خسته شده بودم که بعد از چند بار رنگ‌های آبی و قرمز پاشیدن به موهایم، تیغ را برداشتم و سرم را تراشیدم که آن هم کم حرف و حدیث نداشت.

البته سنین بزرگ‌سالی از غریبه‌ها یا آدم‌های تازه به زندگی‌ام آمده تعریفی نمی‌شنیدم چون قویاً تصورشان این بود که موها رنگ شده‌اند.

تا اینکه کم کم با همین تصور، هر سال نزدیک شب عید، خانم‌های هم‌مسیرم در تاکسی و اتوبوس و مترو از من آدرس آرایشگاهم را می‌پرسیدند و یا شماره رنگ مو می‌خواستند.

تعریف غریبه‌ها حس عجیبی بود، طول کشید تا ذهنم را قانع کنم که نه کنایه‌ای در کار است، نه کسی قصد تذکر حجاب دارد و نه قرار است جایی تعهد بدهم. پذیرفتم که خوش‌شان آمده و تعریف می‌کنند حتی خانم چادری‌ها.

خوشم آمد. داستان رنگ مو در این سال‌های آخر زندگی در ایران برایم تبدیل به بازی شده بود. بسته به حسی که نسبت به آدم‌ها داشتم یا راستش را می‌گفتم یا شیطنتم گل می‌کرد و سرکارشان می‌گذاشتم.

مثلا یک‌بار خانمی شماره رنگ مویم را پرسید و من که فقط شنیده بودم رنگ‌ها با پیش‌حرف N به اضافه یک شماره شروع می‌شوند، گفتم N2.

تعجب کرد و گفت: «اینکه خیلی تیره است، چطور این‌قدر روشن درآمده؟»

من هم هول شدم و از دومین واژه تخصصی که بلد بودم استفاده کردم و گفتم: «اکسیدان زیاد ریخت، با یک چیزهایی هم قاطی کرد که نفهمیدم چه بود. نمی‌دانم والا فقط دیدم آخرش این رنگی شد.»

حالا کیلومترها از سرزمین امر به معروف و نهی از منکرها دورم اما باز هم حس بهتری ندارم!

آن‌قدر در این زندگی توی ذوقم زده‌اند، آن‌قدر توانایی‌های متکی به لیاقتم تحقیر شده و به هر بهانه توهین شنیده‌ام که گاهی فکر می‌کنم اصلا داشتن رنگ موی روشن چرا باید امتیاز و تعریف محسوب شود! یا چرا من باید خوشحال باشم! یا بی تفاوت یا چه؟!

لابه‌لای همین «زن، زندگی، آزادی» گفتن‌ها هنوز آدم‌ها نظراتی درباره ظاهر من و بقیه می‌دهند که واقعاً نمی‌فهمم چقدر می‌تواند به آن‌ها مربوط باشد یا در سرنوشت‌شان تأثیرگذار؟

فقط می‌دانم رفتارهای غلط، چنان در ما نفوذ کرده که تبدیل به ژن شده. ژن معیوب. پیر و جوان ندارد. زن و مرد هم. به شکل و شیوه‌ای مدرن نسل به نسل منتقل می‌شود و حالی‌مان هم نیست.

با چنین مردمی که هنوز در بند ظاهر من و خودشانند؛ مسخره نیست که هم‌چنان اصرار دارم از افکارم برای‌شان حرف بزنم؟

آن هم وقتی که آن‌ها در حسرت یک زندگی معمولی‌اند و من به دنبال یک زندگی شاید غیرمعمولی اما کاملا انتخابی و شخصی!

پراکنده‌گویی: وقتی به درک درستی از احترام گذاشتن برسید، عباراتی چون «خانم‌ها مقدم هستن یا آقایان مهم‌تر» دیگر معنا ندارد. احترام و حفظ حرمت نیاز به اولویت ندارد.

سینما، زندگی، ضمایر

اگر دنیا، سینما بود، بی‌شک برنده جایزه بهترین طراح صحنه و لباس برای نمایش لوکس‌ترین خانه‌ها با صاحبانی اتوکشیده بودم که با نمایی خوش آب و رنگ از لانگ‌شات تا کلوزآپ، بلدند همه را به حیرت وادارند.

طوری‌که تماشاگر بی‌آن‌که بفهمد، همان ابتدا از سناریو غافل شده و غرق در ظواهر زیبای تصویر، حسرت یک لحظه از این زندگی پُر زرق و برق را با خود از سالن سینما بیرون می‌برد.

این را وقتی فهمیدم که دیدم با تمام ادعایم در انهدام تابوها یک روش غلط تربیتی چنان در «من» نفوذ کرده که هنوز هم قادر به شکستنش نیستم: «آبرو داری».

آنجا که «من» مقابلت بودم اما «تو» نگران احوال «او» بی‌آن‌که لحظه‌ای فکر کنید چگونه میان «شما» به دو سو کشیده می‌شوم و صدایم در نمی‌آید؛ دیدم حق دارید. بدون آن‌که کوچک‌ترین دروغ و اغراقی در کار باشد، چنان به نفع همه، دل می‌گردانم که مو، لای درز صحنه زیبایی که پیش چشم همه چیده‌ام نمی‌رود.

به هر حال «شما» مریخی‌ها از یک جنس مشترک هستید و جان به جان‌تان کنند جز خودتان نمی‌بینید. «شما» هم زیر روش‌های تربیتی غلطی که «آنها» تحمیل کرده‌اند تا ذهن‌ها را فقیر نگه دارند، مثلا برای یک‌دیگر مرام می‌گذارید و در معرکه‌ای که خودتان راه انداخته‌اید، مثل همیشه این «من/ زن» است که تنها می‌ماند.

صحنه هنوز با همان شکوه سابق پابرجاست چون باید برای آرامش «تو» ننویسم، برای آرامش «او» بمانم و برای آرامش «من»...

احتمالا کارگردان کل این داستان هم از جنس خودتان است که «من» را به همین راحتی حذف کرده، «تو» را ستاره صحنه و «او» را برنده جایزه بهترین فیلم از نگاه تماشاگران.

اما شانس «من» زندگی در روزگاری است که «ما» زن‌ها با زدن زیر میز «شما» جشنواره‌های دروغین مردانه را از سکه انداخته‌ایم تا به جایش طرحی

نو دراندازیم. بعدها تاریخ به فرزندان‌مان خواهد گفت که «آنها» چه زنانی بودند و چه کردند! فراموش نکن! پای این آزادی، خون‌ها ریخته شده...

به قول شاعر: گر تو نمی‌پسندی، تغییر کن قضا را!

پراکنده‌گویی: هر کی نتونه با من بپره، جا می‌مونه.

مادری‌های ممنوعه

با خود عهد بسته بودم باور کنم که دیگر وجود نداری.

مثل قطره‌ای از زندگی که زیر تیغ آفتاب خشکیده باشد.

با چشم باز، غرق در هیاهوی افکار، دراز کشیده بودم که ناگهان؛

در دلِ تاریکی، جرقه‌ای از آگاهی حضور تو درخشید.

آری، تو آنجا بودی و چه خبر خوبی!!! هنوز وجود داشتی...

وقتی ضرب‌آهنگ کلامت را بازشنیدم؛

احساس کردم تا خرخره در گودال وحشتناکی از تردید و وحشت فرورفته‌ام.

با تو حرف می‌زنم اما ترس آزاردهنده‌ای سراپایم را فرا گرفته است.

و حالا در چاردیواری این ترس زندانی‌ام و موجودیتم را گم کرده‌ام.

عاشق خنگ‌بازی‌های کودکانه توأم اما این بار سعی کن بفهمی!

من از دیگران نمی‌ترسم با دیگران کاری ندارم.

از خدا هم نمی‌ترسم به این حرف‌ها اعتقادی ندارم.

از درد هم نمی‌ترسم.

از تبعات دوست داشتنت هم!

ترس من از توست.

از تو که سرنوشت، وجودت را از هیچ ربود و به جایی در قلب من چسباند.

هر چند همیشه انتظارت را کشیده‌ام، اما هیچ‌گاه آمادگی پذیرایی از تو را نداشته‌ام.

و همیشه این سوال وحشتناک برایم مطرح بود:

نکند دوست نداشته باشی به دنیای من بیایی آنگونه که «من» برای «تو» بخواهم!

پاسخش را می‌دانم و دیگر درنگ جایز نیست.

از همین راه دور مراقبت خواهم بود.

روی من همیشه حساب کن.

من پل پشت سر توأم که هرگز خراب نمی‌شود.

تمام جهان را برای خندیدن به خدمت بگیر و آن لحظه طلایی که من هرگز ندیدمش را ثبت کن.

تو مثل هر کودک دیگری در این جهان، با خنده جذاب‌تری.

پراکنده‌گویی: از کسی شنیدم: «خیلی سخته بچه‌ای رو دوست داشته باشی، بخوای بغلش کنی، بچلونیش، بوسش کنی اما اجازه نداشته باشی»

خدای ناخدا

اگر خدایی که این‌ها می‌گویند وجود داشته باشد قطعاً یک مردِ نامرد است.

نامردِ پُرعقدهٔ زن‌نادیدهٔ بی‌اصل و نسَبِ از اساس با لطافت و درک و شعور بیگانه.

در اثبات این ادعا همین بس که خود می‌گوید اول است و (از زنی) زاده نشده!

پس چنان از مهلکهٔ مِهرِ زنانه پرت است که فقط آزار بلد است.

یک چیپسِتِ شکنجهٔ خونینِ دردآورِ ماهانه، برای تمام زنان طراحی کرده تا خیالش از درهم شکستن دائمی حریف قَدَری که جنسیتش را نمی‌شناسد، راحت باشد.

یک بی‌همه چیز به تمام معناست.

به گنده‌گویی‌هایش توجه نکنید، بیمار است.

می‌گوید از نظرها غایبم اما عقدهٔ دیده شدن دارد.

از لحظه تولد عذاب می‌دهد تشکر هم نکنی بهش برمی‌خورد.

جرأت اعتراض نداری مبادا که بدترش را سرت بیاورد.

در یک آدرس غلط، خانه کاخی ساخته و می‌گوید حالا بیایید دورم بگردید.

من خانه‌اش رفته‌ام.

بس‌که همه شاکی و طلبکارند حتی آن‌جا هم جرأت آفتابی شدن ندارد.

درش را هم قفل کرده کسی را به داخل راه نمی‌دهد.

آمارش را گرفتم دیدم جایی دورتر نشسته و به ریش آن‌ها که به دیدن خانه خالی‌اش می‌روند و از او حاجتی دارند، می‌خندد.

خودمانی بگویم؟ اوسکل‌مان کرده!

همان‌جا به رویش آوردم و گفتم : فکر نکن نمی‌دانم بدبختی همه مردم زیر سر خودت است.

حتی بعد از مرگ هم ولکن ماجرا نیست، یک سری خرده حساب‌ها را گذاشته برای آن طرف.

خدایی که این‌ها می‌گویند اساساً چنان حالش بد است که به مردان هم رحم نمی‌کند.

البته نه همه. فقط آن‌هایی که زن را می‌شناسند، عاشق می‌شوند و چیزهایی از دوست داشتن حالی‌شان است.

میانه خوبی با آن‌ها ندارد.

اگرنه با نامردها که الفتی دیرینه دارد.

کارمندان بی جیره مواجبش را می‌گویم.

استادِ تقلب است.

سر میز، بازی را با دست خالی شروع می‌کند.

از دل هیییییچ بارش نیست.

اگر حکم کنی چنان قانون‌های من درآوردی‌اش را به «رخ» می‌کشد تا در فرصتی مغتنم با «خشت» سست و ناچیزش آس «دل» تو را بِبُرد.

آن‌قدر زیر و رو می‌کشد نفهمی چطور «کُوت» شدی.

یک آن به خودت می‌آیی و می‌بینی چه یادت داده بودند و چه شد!

حالت از هر چه عشق است بهم می‌خورد.

دست آخر هم وقتی به رویش می‌آوری رو بازی نکرده می‌گوید تو از حکمت پشت پرده خبر نداری...

من در مکاتب و مذاهب متنوع کشورهای بسیاری گشته‌ام. خدای همه‌شان همین است حالا با ادا و ادبیاتی متفاوت.

از همه خدایان کُفری‌ام.

با چنین خدایانی نه زنی خواهیم داشت که زنانگی کند، نه زندگی، نه آزادی.

اگر کسی را ببینم که خدا را همچون من شناخت، به جای سرکوفت زدن و تحمیل احساس گناه، آغوشم را برایش باز می‌کنم و می‌گویم: غصه نخور عزیزم، درست است خدایی که انتظارش را داشتی نیست ولی من که هستم...

من یقین دارم به زنان بیشتر از خدایانی که این‌ها می‌گویند می‌توان اعتماد کرد.

پراکنده‌گویی: ناهنجاری و قانون‌شکنی امری ذاتی است. قوانین صرفاً برپا شده‌اند تا صاحبان قدرت منافع‌شان در خطر نیفتد. هنجار و قانون یک خاصیت بیشتر ندارد، این‌که تو را برای لحظه‌ای به تأمل وادارد. همین.

نمی‌خندید

نمی‌خندید. هر چه می‌کردم فقط کمی گوشه لبانش را به انحنای خنده باز کند بی‌فایده بود. می‌گفت کسی خنده را بر لبانش خشکانده.

عجب زوری داشت! عجب قدرتی! چطور می‌شود خنده را از لبان کسی بگیری که شبیه زندگی است! نه، عین زندگی! اصلا خود زندگی!

البته خودش هم می‌دانست این همهٔ ماجرا نیست. باری از دهانش پرید که با اخم و بدون خنده جذاب‌تر است. نمی‌دانم کدام شیرپاک‌خورده‌ای چنین مُهملی تحویلش داده که او هم کرده آویزه گوشش و نمی‌خندد که نمی‌خندد.

آخر مگر کسی هست نداند این انحنا که دو وَر لب را بالا می‌برد، اگر نباشد که چینِ پنجه‌کلاغی، کنار چشمان آدم نمی‌افتد!

و اِی که دردت به جانم! چه چیزی جذاب‌تر از این چینِ کنار چشمانت که حال خنده را از عطر نگاه تو به دنیا بپاشد؟!

حیف که همیشه از من دور بود. اگر نه که خودم را به زمین و زمان می‌زدم تا بخندانمش! نه که بلوف بزنم، می‌دانم که می‌توانستم.

می‌توانستم چنان بخندانمش که اشک از چشمانش جاری، خودش پخش زمین و همهٔ این فیگورهای مسخره از یادش محو شود.

چشم در چشم که باشی ... نفس به نفس... خیلی کارها می‌شود.

چشم در چشم که باشی... نفس به نفس... حتی خداحافظی باشکوه‌تر است.

نه این‌که به جبر زمانه بشکنی و دستت هم به جایی بند نباشد!

درست مثل اتفاقی که از همین راه دور افتاد.

از راه دور شکستن دردش بیشتر است.

چون همیشه سوءتفاهم پیروز است.

چون همیشه اتفاق، آنطور که باید، نمی‌افتد.

بودنِ حقیقی خاصیتی دارد که در عالم مَجاز هرگز گوشه‌ای از آن ممکن نیست.

لعنت به این مَجاز و مَجازی که جز حال خراب، هیچ برای ما نداشت.

چه چاره؟!

داشتم می‌گفتم!

نمی‌خندید!

اشک من را درمی‌آورد و باز نمی‌خندید. همه چیز را به عشق ربط می‌داد، حتی همین خندیدن کوفتی را.

می‌گفت: تو که عاشق نیستی! عشق حتی زورش از باران هم بیشتر است...

من نمی‌دانم این عشق‌های آدم خفه‌کن مگر چه دارد که همه عاشق این‌طور عشق‌ها می‌شوند و حالی‌شان نیست دارند عمرشان را دود و خاکستر می‌کنند؟!

یکبار کوتاه آمدم و گفتم پس لااقل عاشق شو! آدم که قحطی نیامده!

عادتی داشت وقتی زیادی پاپیچش می‌شدم مرا می‌پیچاند. مثلا یا ناگهان در گُلِ صحبت خداحافظی می‌کرد یا جواب سربالا می‌داد. این بار گفت الان وقت جنگ است نه عاشقی.

حالا چقدر هم که در میدان بود خیر سرش! نه که بی‌خیال باشد! نه! به قول خودش حداقل وسط باز نبود و طرفش مشخص.

اتفاقاً همین که بی ادا و اصول همیشه خودش بود به نظر من عین مبارزه است. آن‌چه نمی‌گذارد این انقلاب به ثمر برسد همین است که آدم‌ها خودشان نیستند.

بگذریم!

من که هیچ‌وقت بهانه‌هایش را درباره نخندیدن باور نکردم! چون خوب می‌شناختمش. نه حرف از زور بازوی آدم قبلی بود نه نقل جنگ! برای خودش هدف‌ها و ارزش‌هایی داشت که پای‌شان ایستاده بود و هیچ رقم کوتاه نمی‌آمد.

چنان به اصالت «خود بودن» پایبند بود که حتی برای خنده و حال خوش هم به دنیا باج نمی‌داد. حاضر نبود یک چیزهایی را به هر قیمتی به دست آورد.

فکر کن! یکی در جهان هست که به این چیزها فکر می‌کند!

فکر کن! یکی در جهان هست که به این چیزها فکر می‌کند و تو هم می‌شناسی‌اش!

تماشای این آدم‌ها واقعا کیف دارد! حتی از دور!

جهنم و درک! حتی مجازی!

اصلا حالا که فکر می‌کنم می‌بینم دنیا یک تماشای حقیقی‌اش را به من بدهکار است.

چشم در چشم... نفس به نفس...

در یکی از همان روزهای ستاره شدنش که جمعیت را پس بزنم و با خیال راحت خودم را از طرفداران دوآتشه معرفی کنم و بی دلهره از قضاوت‌ها عکس یادگاری بگیرم.

آن روز حتی اگر عاشق هم شده باشد به طرفدارانش که نه نمی‌گوید. لابد مثل یک جنتلمن می‌ایستد و با اطوار این بازیگران که از مردمی بودن فقط سلفی گرفتن با موبایل طرفدار را بلدند، با گوشی‌ام عکسش را می‌گیرد.

آن روز اگر بفهمم که عاشق شده، اگر واقعا عاشق شود...

من می‌مانم و ۳ سوال بی‌جواب که احتمالا با خودم به گور خواهم برد.

آه باز یادم رفت.

داشتم از نخندیدنش می‌گفتم.

راستی!

اگر چنین روزی (ستاره شدنش و عکس یادگاری‌ام) را در بیداری ببینم برای دوربین لبخند خواهد زد یا همچنان فکر می‌کند با آن اخم احمقانه و لبان جمع و جور جذاب‌تر است؟!

برای من چه اهمیتی دارد؟ چون هر چه که باشد احتمالا بزنم به سیم آخر و کار خودم را بکنم.

تهدیدش کنم اگر نخندد دو دستم را از دو سوی پشت سر به گونه‌هایش نزدیک کنم و پیش چشم همه مردم، انگشتانم را ببرم دو سمت لبانش انحنای خنده‌اش را بسازم و عکس بگیرم.

اوه چه خیال‌بافی‌ها!

حالا این دنیا کدام یک از بدهی‌های من را داده که این دومی‌اش باشد!

چه طلب‌ها دارم که وصول نشدند...

بماند...

برای کسی مثل من که به تَرَک دیوار هم می‌خندد تا ولو برای لحظه‌ای جهان تلخ درونش را از یاد ببرد، حضورش درس بزرگی بود!

از آن درس‌ها که تا ابد ملکه ذهن می‌شوند نه مثل آن‌ها که دوازده سال تحصیلی به خوردمان دادند و هیچ یادمان نمانده!

از آن درس‌ها که داغ می‌شود روی دل و با یادآوری هربار دیدن آن کلمه نحس خداحافظی، حال آدم را آشوب می‌کند.

درس خوبی گرفتم اما کدام دانش‌آموز با حال آشوب امتحانش را پاس کرده که من دومی‌اش باشم؟

من هم امتحانش را پس دادم و پاس نکردم.

به قولی باخت دادم ولی شاید ارزشش را داشت...

دست‌کم همین‌که بعد از سال‌ها، بخشی از خودم را در پیکر دیگری میان این جهان بی در و پیکر دیدم خوب بود.

اصلا قشنگی‌اش به همین است. حال خوب بازنده بودن.

این‌ها در دنیای حساب و کتاب، محلی از اعراب ندارد.

این قشنگی‌ها را قماربازها خوب می‌فهمند.

رفیق قدیم و ندیم ما جناب مولانا هم لابد کم از این قمارها نداشته که گفته:
«خُنُک آن قماربازی که بباخت هر چه بودش، بنماند هیچش اِلّا هوس قمار
دیگر...»

پراکنده‌گویی: چرا بیشتر آدم‌ها دوست دارند ستاره صحنه باشند؟ کم دیدم کسی بخواهد مفید و معتبر باشد.

دردت به جانم!

شنیده بودم تشخیص بیماری، نیمی از درمان است و آدم قبل از هر طبیبی می‌تواند بفهمد دردش از چیست.

اما راستش درکی از این دو جمله نداشتم تا اینکه در آشفتگی و شب‌بیداری‌های پس از تو، بارها از خود پرسیدم این همه دردهای عجیب و غیرعادی از کجا مهمان بدن نحیف من شده‌اند که هر پزشکی را از علاج عاجز کرده؟!

بعد از این‌همه سوال و سرگردانی، وقتی بار دیگر نشانه‌های تو ظاهر شد، همان آدمی شده بودم که قبل از دکتر منشأ درد را فهمیده و الحق که تشخیص بیماری، نیمی از درمان است.

فهمیدم تا چشمم به خط‌نوشته تو می‌افتد، هر بار که غمگینت می‌بینم، آهی از دلم برآمده و می‌گویم: دردت به جانم!

دیگر نه این دو مَثَل که زبان شعرا را نیز خوب‌تر می‌فهمم.

آن‌جا که یکی‌شان گفته: «از دوست به یادگار دردی دارم، کآن درد به صدهزار درمان ندهم».

و یا آن دیگری که می‌گوید: «از همان‌جا که رسد درد، همان‌جاست دوا».

نیمی از درد که با تشخیص حل شد نیمه دیگر را هم ...

کاش نبینم غمت را

ای که دردت به جانم نشسته!

پراکنده‌گویی: بیا «آزادی»ِ بعد از زن، زندگی... را در جمع اضـــداد باور کنیم. یـــک روز برایت می‌نویسم که چطـــور همه «اسیر» محبت یک‌دیگریم.

دیوار اسکواش

برایش حکم دیوار اسکواش را داشتم.

ضربه‌هایش را با تمام قدرت می‌زد، بازی‌اش را می‌کرد، سر آخر هر جا خسته می‌شد یا به نتیجه دلخواهش نمی‌رسید، جمع می‌کرد و می‌رفت.

من می‌ماندم با ظاهری دقیقاً عین دیوار که باید وانمود می‌کرد درد نداشت.

برای کسی که درد دیگران را به جان می‌خرد، درد، آنقدرها درد ندارد. درد اصلی جای دیگر است.

می‌دانید؟

این خاصیت آدم‌هایی با ذهنیت بازی اسکواش است که فقط خودشان را ببینند. برای آن‌ها طرف مقابل فرقی با دیوار ندارد. فکر می‌کنند فقط احساس خودشان مهم است.

شما نمی‌توانید به یک اسکواش‌باز بگویید تو خیلی خودخواهی که فقط خودت را می‌بینی!

چون درکی از معنای حرف‌تان ندارد. شما نمی‌توانید چنین حرفی بزنید اما او به خودش حق می‌دهد از دیوار گِله کند هر جا که حرفش به کرسی ننشست!

احتمالا همه همین باشیم. وقتی ندانیم پشت دیوار چه خبر است؛ حق به جانب‌تر و خودخواه‌تریم.

فقط بیچاره دیوار که به عنوان تنها شاهد هر دو سوی ماجرا باید، میدان‌دار بازی باشد و ضربه‌ها نوش جان کند و دردها به جان بخرد و به همه حق دهد و فرو نریزد.

دیوار باید به خودش عادت دهد دم نزند. میزبان بازیکن حرفه‌ای باشد بی‌توقع از آن‌که کسی آخر بازی بگوید: متاسفم که دردی به جانت نشاندم یا ببخشید اگر ضربه‌هایم هولناک و دردناک است.

دیوار به تجربه یاد می‌گیرد، بازیکن برای دل خودش می‌آید نه او و اگر باز گذرش این طرف‌ها افتد هم برای دل خودش بوده نه دلجویی از ضربات سنگینی که پیش از این کوبیده!

من در این روزگار یک چیز را خوب فهمیدم. هیچ‌کس دلش برای کسی/زنی که دیگران او را مثل دیوار می‌بینند، نسوخته! هر چقدر هم که آدم باشد/باشم!

پراکنده‌گویی: هرگز کسانی را که در قبال ناراحت کردن شما احساس مسئولیت نمی‌کنند؛ نبخشید.

چون هم به لیاقت خودتان توهین کرده‌اید هم نمی‌گذارید آن‌ها از اشتباهات‌شان درس بگیرند.

آدم‌های جسوری که برای دلجویی از شما پیش‌قدم می‌شوند، کم اما قابل ستایشند.

روز جهانی زن به روایت زنی از جهان سوم

روز جهانی زن؟

خنده دار است!

زن، زندگی، آزادی؟

بس است دیگر. شما را به خدا این‌قدر مسخره‌مان نکنید!

زن؟ زززززننننن؟

می‌گویم بیایید از چیزی حرف بزنیم که حداقل الفبایش را بلد باشیم!

من که الفبایش را بلد نیستم. شما بلدی؟!

ولش کن!

حوصله ندارم به کسی گیر بدهم.

اصلا دیگر با هیچ‌کس جز خودم کاری ندارم!

آن‌هم وقتی مثل خر در گِلِ زندگی و هویت و ماهیت خودم مانده‌ام!

تمام دست‌آورد عمرم تا امروز این بوده که فهمیدم به اندازه همه سی و شش سالی که زندگی کرده‌ام جز یک مشت ارزش‌های پوچ، چیزی نصیبم نشده است.

بی‌آن‌که کسی از من اجازه بگیرد، عقاید مزخرفش را به نام قانون، عُرف، تربیت، وجدان، هنجار، کوفت، درد، زهرمار ... فرو کرد در سر من.

و من شدم بَرده ارزش‌هایی که هیچ حالم با آن‌ها خوش نیست.

ایستاده‌ام درست در مرکزی‌ترین نقطه پازلی که هزاران معمای حل نشده بندبند انگشتان دست و پا و تارتار موهای سرم را از هر طرف می‌کِشند.

خسته شدم بس‌که خلاف جریان آب شنا کردم و نفس کم آوردم، آخرش هم یک خروار، پودر و کِرم و رنگ و لعاب مالیدم به صورتم، عکس گرفتم و در صفحه‌های مجازی منتشر کردم تا مثلا نشان بدهم زمین خوردن درد ندارد.

اما ببین!

چروک‌های زیر چشم هیچ‌وقت دروغ نمی‌گویند! داد می‌زنند: اتفاقاً زمین خوردن خیلی هم درد دارد!

تازه دردش بیشتر وقتی می‌شود که می‌بینی کسی نیست دستت را بگیرد و بلندت کند!

نه اینکه نخواهند، نمی‌توانند. چون همه با یک طناب پوسیده تهِ چاهی افتاده‌ایم که احمق‌های سیّاس قبلی برای‌مان کَنده‌اند.

روز جهانی زن عنوان بسیار قشنگ و باکلاسی است ولی ظاهرش با باطنش فرق دارد.

مثلا من امروز در جهان زنی غوطه‌ورم که احساس بی‌چارگی خفه‌اش کرده.

زنی که به قول روانکاوش وقتی از او می‌پرسی «از خودت بگو» راجع به هر کس و هر چیزی حرف می‌زند به جز خودش!

چون هیچ‌وقت مال خودش نبود. چون همیشه یا دلش شور دیگران را می‌زد یا داشت برای خودش‌بودن، می‌جنگید!

کاش این دکترها حقایق را به من نگویند که اول شوکه شوم بخندم ولی بعدش بزنم زیر گریه‌ای که تمامی ندارد.

می‌دانی؟ اینکه کسی غیر از خودت بیچارگی‌ات را بفهمد خیلی بد است.

هر وقت می‌شنوم روز جهانی زن شده؛ یادم می‌آید در این مناسبتِ من درآوردی، از هر کسی که اجازه نداد هیچ زنی خودش باشد، متنفرم!

فارغ از اینکه او مرد یا حتی یک زن باشد.

چقدر ور زدم، نه؟

آهان! پیدایش کردم.

من زنی هستم که وراجی می‌کند. غالباً زن‌ها را این‌گونه خطاب می‌کنید، نه؟

پس من نیز یک زن وراجم چون اجازه ندادند خودش باشد تا از افکار خودش حرف بزند.

من زنی بی‌چاره‌ام که حتی از وراجی هم خسته است.

زنی که فقط مرگ را چاره پایان دردهایش می‌بیند.

پراکنده‌گویی: هر چه کمتر تو را بشناسند، بیشتر درباره‌ات یاوه می‌گویند. هر چه بیشتر خودت را بشناسی، کمتر به یاوه‌ها توجه می‌کنی.

مهمان

مهمان چند روزه داشتم.

یک الف‌بچهٔ شرّ و شیطانِ سرتقِ دوست داشتنیِ تودل‌برو.

از آن بچه‌ها که تو را یادِ خودِ خودِ خودت می‌اندازند و انگار یک چیزهایی از وجودت را دوباره زنده می‌کنند.

نه که خیلی بچه‌سال باشد! در واقع اصلا بچه نبود، کودک درونش را دوست داشتم.

کودکی که شوخی‌های بزرگانه می‌کرد و من باز یاد شیطنت‌های قبل از سرکوب خودم می‌افتادم.

گاردِ همیشه بسته‌ام را باز کردم، عامدانه خودم را به چالش کشیدم و دلم خواست اجازه دهم از هر خط قرمزی رد شود.

خوشحال بودم می‌توانم خنده یواشکی‌ام را از بی‌پروا حرف زدنش پنهان کنم و با صدای بلند دعوایش می‌کردم که مثلا یادش دهم تند نرود.

داشتم همان اشتباهاتی که جوانی خودم را تباه کرده بود به او دیکته می‌کردم. یک عمر اجازه ندادم آدم‌ها راحت حرف‌شان را بزنند تا مثلا همه چیز تحت کنترل من باشد.

مجبور شد (مجبورش می‌کردم) دروغ بگوید و قسم می‌خورم صادقانه‌تر از دروغ‌های او نشنیده‌ام. بعد که لو می‌رفت دعوای‌مان می‌شد.

همه این دروغ و دعواها هم یک موضوع بیشتر نداشت. من می‌خواستم مثل یک بچه، تر و خشکش کنم تا از احوال بدی که روزهای اول داشت دور شود اما او می‌خواست دل به دلش بدهم.

یک جمله قشنگ و جادویی داشت که می‌گفت: «مغز من مثل تنگ شفاف است. هر چه به زبان می‌آورم همان است که فکر می‌کنم، اما مجبورم می‌کنی مثل آدم‌بزرگ‌ها با سیاست و مصلحت‌اندیش باشم.»

یا به من خرده می‌گرفت و می‌گفت: «این همه سیاست برای چیست! چرا همیشه مثل دیپلمات‌ها جواب من را می‌دهی؟»

وقت گفتن این‌ها دیگر آن لحن نمکی بچگانه را نداشت و نمی‌شد خندید. زیادی راست می‌گفت. از آن حقیقت‌های تلخ که نامش را فرار رو به جلو گذاشته بودم.

می‌خواستم بخشی از خودم را در وجود او ببینم اما نمی‌شد.

زن که باشی! خیلی چیزها دست و پایت را می‌بندد.

بله. می‌دانم. بسیاری از این مسائل زن و مرد ندارد اما بپذیرید جنسیت به شدت در امور عاطفی دخیل است.

که اگر نبود این همه برای احقاق «زن، زندگی، آزادی» نمی‌جنگیدیم.

میزبانی من هم از این قاعده مستثنی نبود.

برخی راه‌ها مثل آغاز یک نبرد است. بازگشت ندارد پس باید سیاستی باشد تا حداقل ظاهر، حفظ شود...

آه به چیزهای مزخرفی مجبورم فکر کنم.

حالم از خودم بهم خورد.

خیلی زودتر از آنکه آمادگی‌اش را داشته باشم، مهمانم از خط قرمزهایم رد شده بود.

جسارتش در تصویرسازی‌های عاشقانه و حرف‌های مگو آن‌قدری درد نداشت که صداقتش یادم انداخت در پس همان سیاست‌ها تبدیل به چه آدم بی‌خودی شده‌ام.

کسی که خود خودم را زنده کرده بود حالا یادم انداخت این منِ سال‌های اخیر، چقدر برایم غریبه است.

مهمانِ جانم عزیزتر شد.

صدایش شنیدنی‌تر.

احساسش دلنشین‌تر.

چقدر دوست‌ترش داشتم!

آن‌قدر که دلم می‌خواست همیشه باشد.

من هیچ شانسی نداشتم نگهش دارم.

او هم بیشتر از آن‌که بخواهد بماند، آدم رفتن بود.

انگار که لفظ خداحافظی به او قدرت می‌داد.

گذاشتم با این قدرت‌های پوشالی‌اش کیف کند.

حیفم آمد عمرش در مهمانی من تلف شود.

میراثش شد قربان صدقه‌های تمام نشدنی من و یک دل‌تنگی ماندگار و قلمی که با هر بهانه‌ای روی کاغذ می‌چرخد.

پراکنده‌گویی: زمان آدم‌ها را عوض می‌کند؟

-مطمئن نیستم اما قطعا ذهنیت تو را نسبت به آن‌ها تغییر می‌دهد.

پیاله و پیمانه

سال‌ها بعد از تجربه شکار و دزدی در عجیب‌ترین کلاس آموزشی عمرم، بار دیگر عطش درس تازه را داشتم. سراغش رفتم.

با این تفاوت که وقتی از من پرسید چه خبر؟ این‌بار برایش قصه شکارچی و شکاری را گفتم که هر دو جان داشتند اما معلق در وادی نیاز و بی‌نیازی!

گفت: «اگر پیمانه را دست تو دادند پس باید پیاله‌اش را پُر کنی! لب به لب.»

گفتم: «اگر نفهمید چه بود و ریخت زمین؟»

گفت: «مگر شما از روز اول فهمیده بودید؟ او هم به وقتش می‌فهمد. به زمین بریزد هم خوب است. ریشه می‌کند و روزی جوانه می‌زند.»

گفتم: «به من برنخورد؟ از ناسپاسی‌اش ناراحت نشوم؟»

گفت: «تو کار خودت را بکن! درست است که دستش را خوانده‌ای اما قلبش را نه!»

گفتم: «امروز که می‌دانم چه دستش داده‌ام چطور بگذارم حرامش کند؟»

گفت: «اگر سهمش نبود شکار تو نمی‌شد. اثرش تا همیشه باقی می‌ماند. گاهی آدم‌ها از آن‌چه نمی‌دانند، می‌ترسند و فرار می‌کنند. امروز باید حرام کند تا فردا قدر بداند. یادت که نرفته! دوست داشتن همیشه معجزه می‌کند و آدم‌ها را بی نیاز! روزی که به شکارت بال پرواز دهی، بُردی نه شبی که اسیرش کردی!»

گفتم: «این درس‌ها هیچ‌وقت تمام نمی‌شوند. این راه، انتها ندارد!»

گفت: «در دسته‌بندی شکارچی و رویابین، تو از اول هم شکارچی بودی. یادت باشد کمتر کسی شکارچی به دنیا می‌آید.»

گفتم: «اوه! پس به خودم تبریک می‌گویم.»

کف دستش را جلوی صورتم آورد، مستقیم به چشمانم نگاه کرد و گفت: «الآن نه. فعلا باید به خودت تمرین بدهی. سخت است. سخت‌تر هم می‌شود.»

داشت گریه‌ام می‌گرفت که با لبخند گفت: «این هم الآن نه. فعلا فقط تمرین و تمرین و تمرین. وقتش که برسد می‌خواهم خودم پر عقاب را لای موهایت بگذارم شکارچی!»

پراکنده‌گویی: شاگرد خوب بودن یعنی بتوانی یک روز از استادت جلو بزنی.

برای رسیدن به این مقام تلاش کن تا برسی به روزی که حرفی برای گفتن داشته باشی.

حرفی که حتی برای استاد تازگی داشته باشد.

اعتراف به خُرده جنایت‌های زن و شوهری

گفتم: لطفاً بنشین باید آخرش را برایت تعریف کنم. تعجب کرد چون قبلاً گفته بودم خیلی مانده و به این زودی تمام شدنی نیست.

به قاعده زمانه، آدم چنین موضوعاتی را با همسرش در میان نمی‌گذارد اما خب این‌ها با قاعده ذهن من جور در نمی‌آید.

از کودکی همین‌طور بودم. بین بچه‌های خانه، بیشترین دعوا را من با پدر و مادرم داشتم چون حتی کارهای ناشایستم را هم به آن‌ها می‌گفتم. معتقد بودم هر غلطی که می‌کنم اول از خودم بشنوند بهتر است تا غریبه بیاید و یک کلاغ چهل کلاغ کند.

حالا هم همینم. البته اوضاع با شریک زندگی بسیااااار پیچیده تر از پدر و مادر است ولی ما بعد سالیانی باهم بودن، خودمان را به قدر کفایت به هم ثابت کرده‌ایم.

به هر حال کسی آمده بود و باید می‌گفتم. باید درست و با جزییات می‌گفتم.

سخت بود.

همان اوایل یکبار گوشی‌ام را «مثلاً» انداختم تا همین‌طور که روی مبل نشسته، نوتیفیکیشن پیامش را ببیند. کور که نبود. دید و خواند.

البته خیالم راحت بود اسمش را چیز دیگری ذخیره کرده بودم تا گِردی زمین اگر آنها را مقابل هم قرار داد، آزارش ندهد.

آشفته شد. بهم ریخت. گفتم او که رفته بود ولی به خدا عذاب وجدانش را داشتم و اصلا نمی‌دانم چه مرگم شده! فقط می‌دانم فکرش مدام در سرم می‌چرخد. خودت هم می‌دانی چیزی بین ما نیست ولی مغزم سنگین است.

با این واژه آشناست. وقتی می‌گویم «مغزم سنگین است» یعنی باز قفل کرده‌ام. فلجم.

وسط این همه گرفتاری، تماشای ظلم بر مردم ایران، مشکلات زندگی خودمان و دردهای عجیب و غریب که به خاطرشان روزی هزار بار آرزوی

مرگ می‌کنم و ... مغزم که سنگین می‌شود، می‌داند که یعنی تمام! درست وسط این همه دردسر و استرس، این ماجرا هم کلکسیون‌مان را کامل کرد.

طی این مدت نمی‌دانم چندبار آمد و رفت شد و من هی دلم طاقت نمی‌آورد.

یک چیزی روی قلب و مغزم سنگینی می‌کرد. انگار درست تمام نمی‌شد.

گفت: مواظب باش و این‌بار لازم نیست گوشی‌ات «مثلاً» جلوی چشم من بیفتد. فقط مواظب باش. تو در ادای کلام و بیان احساسات چنان راحتی که گاهی همه چیز خراب می‌شود. هر کس باشد فکر دیگری می‌کند. این بار اگر درست نشود یعنی تو هم ...

نمی‌توانستم بگذارم جمله را تمام کند. می‌دانستم که می‌داند از آن خبرها نیست ولی حتی برای هشدار هم نباید به زبان می‌آورد. پریدم وسط حرفش و فقط گفتم حلش می‌کنم.

اما خیالش راحت نبود. چشمانش داد می‌زد. می‌دانست آدم خیانت و شیطنت نیستم اما خودم بارها گفته بودم همه عوض می‌شویم و هیچ‌کس از فردا خبر ندارد.

اصلاً همین شد که از روز اول گفتم تمام حق و حقوق زنانه‌ام را رسمی و محضری به من بده تا اگر روزی دلت با دیگری بود، من معطل دادگاه و

گروکشی نشوم. او هم بی‌چک‌وچانه قبول کرده بود. حق طلاق، حق اجازه کار، حق انتخاب مسکن، حق خروج از کشور... همه را گرفته بودم.

حالا ترسیده بود که نکند ماجرا برعکس شود و یا از اول این شرط و شروط را به خاطر خودم گفته باشم.

تنها چیزی که به ذهنم رسید را ناخودآگاه داد زدم: «من شاید عوض شوم ولی عوضی نیستم». صدایم لرزید: «راحت نیستم اما هر وقت خواستی موبایلم را بردار. رمزش را که می‌دانی. فقط یک وقتی که من نباشم.»

گفت: «می‌دانی که نمی‌کنم. فقط آخرش که شد، بگو.»

گفتم: «اینکه وام بانکی نیست. یعنی منتظر نباش بگویم دو هفته‌ای حلش می‌کنم. اما تا الآن حرف‌هایی زده که مطمئنم ماندنی نیست. زمان می‌خواهد. یعنی حتی عاشق هم نیست فقط مثل همه ما، مثل هر آدمی، حالش با دوست داشته شدن خوب می‌شود. برایم از گذشته‌ای گفت که فکر کردم می‌توانم کمکش کنم تا از باتلاق سیاه تنهایی که خودش را در آن غرق کرده، بیرون بیاید. همین. به نظرم واقعا هم بهتر شده و خودش را پیدا کرده. تمام تلاشم را کردم بفهمد همین قدر از دستم برایش بر می‌آید. حتی این‌بار صادقانه خواستم بفهمد برایم مثل خانواده عزیز است. حداقل تو می‌دانی من به هرکسی این را نمی‌گویم. به من وقت بده می‌خواهم گرهی که با دست

باز می‌شود به دندان نیفتد. خودش گفته سر سفره پدر و مادر بزرگ شده پس حرفم را می‌فهمد.»

یک «آخرش شد بگو» گفت و دیگر حرفی نزدیم.

***

حالا امشب نشسته‌ام تا آخرش را بگویم. از همان‌جا که می‌خواست نداند تا همین صبح و پیام آخر.

از آن‌جا که مطمئن بودم نمی‌شناسد و دلش هم نمی‌خواهد بداند کیست، آن پیام‌های پاک شده را هم گفتم اما سربسته و با حفظ حریم و حُرمت هرسه نفرمان. هیچ‌کس این وسط گناهی نداشت فقط تجربه نشان داد با روش‌های کلیشه‌ای، کار پیش نمی‌رفت. دست‌کم من که عذاب وجدانش را داشتم. قفل کرده بودم و باید مطمئن می‌شدم همه چیز سر جای خودش قرار می‌گیرد.

آه که چه سخت بود این قسمت پیام‌های پاک شده را توضیح دادن. فقط خوشحالم که به در و دیوار زدنم نتیجه داد و خیلی متوجه نشد چه می‌گویم.

با لحن خودم گفتم: «نه شیطنت بود نه چیزی ولی تا تهش تا هر جا که می‌شد رفتم. خودش هم فهمید من این‌کاره نیستم.»

البته با زبان طنز می‌گفتم. مرا خوب می‌شناسد. می‌داند هر وقت یک گندی می‌زنم به طنز پناه می‌برم. زهرش برای هر دوتای‌مان کمتر می‌شد.

نمی‌خواستم سرم را پایین نگه دارم. باید چشمانم را می‌دید و باور می‌کرد که دروغ نمی‌گویم. حتی بغضم را پنهان نکردم و این را هم گفتم که حقم نبود آخرش به من بی‌حرمتی کند.

شرایط بغرنجی بود. تصور کنید! داشتم به همسرم از رقیب نصف و نیمه‌ای می‌گفتم که امروز با پیام‌های آخرش ناراحتم کرده و رفته ...

من که همیشه اصرار دارم همه چیز تحت کنترلم باشد، دیگر نه می‌توانستم خودم را جمع و جور کنم نه جایز بود از او توقع دلداری داشته باشم. فقط پرسیدم: هیچ سوالی نداری؟ طبیعتاً همچین هم بی‌تفاوت نبوده.

حال پریشانم را که دید، آرام خندید و گفت: «راستش ته دلم خالی شده بود. هفته پیش حالت واقعا خوب بود.»

صورتم رنگ خون شد. ناخودآگاه کف دستم را به پیشانی کوبیدم و گفتم: «حالم خوب بود چون همان‌طور که پیش‌بینی کرده بودم خودش فهمید احساسش اشتباه بوده و من خوشحال از اینکه بدون جنگ و قهر و انرژی‌های منفی می‌توانم همه را کنار خودم راضی نگه دارم. حتی حضورش را به فال نیک تعبیر کردم وقتی که گفت احساسش تغییر کرده! بچه بدی نبود.

حرف‌ها و کارهایش من را یاد خودم می‌انداخت. مسئول کسی نیستم فقط فکر می‌کردم به شدت لازم بود کسی هوایش را داشته باشد حتی از دور.»

آنقدر حالم بد بود که بی‌ملاحظه و یک‌بند فقط حرف می‌زدم: «شاید نباید این‌ها را به تو بگویم ولی نگرانش می‌شدم. حتی الان هم. هر چند که دیگر مهم نیست. استوری‌های آخرم را که یادت هست؟ همان‌ها که درباره شروع تازه و قصه‌ای نو نوشته بودم!.. انگار طور دیگری برداشت کرده و حالا این من بودم که باید جواب پس می‌دادم. فکر کرده من عاشق او شده‌ام و عشقش زندگی‌ام را مختل کرده! این اواخر دیوانه شده بود. مثلاً وقتی به قصد تعریف می‌گفتم توانایی‌هایش را باور دارم یا معتقدم آدم تاثیرگذاری است؛ می‌گفت مسخره‌اش می‌کنم. چطور می‌شود همه چیز را به این واضحی بگویی ولی طور دیگری برداشت کند؟»

باز گریه‌ام گرفت. لای هق‌هق ادامه دادم: «حتی گفته بودم از کلمه خداحافظی و رفتن بیزارم. آنقدر محرم نشد بگویم این فوبیای لعنتی از کجا آمده اما قبول کن کار نامردهاست که نقطه ضعف آدم را نشانه بگیرند. در دلم مانده که نگفتمش به هر دلیلی می‌خواهی بروی برو اما چرا با بی‌احترامی؟ این کار را همان روز اول مگر من بلد نبودم؟ بعد این همه فشاری که تحمل کردم به نظرت اصلا مهم برایش مهم است که هنوز او را

نبخشیدم؟ همیشه گفته‌ام از دست آدمهایی که دوست‌شان دارم محال است ناراحت شوم اما الان واقعا ناراحتم. این حق من نبود.»

بغلم کرد، سرم را بوسید و گفت: «تو کار خودت را کردی اما زیادی راحتی در مهربان بودن و دوست داشتن. بلوغی که در روابط انسانی داری را این مردم قرن‌ها بعد هم درک نخواهند کرد. من خودم کنار تو خیلی از این چیزها را یاد گرفتم. همه پسِ ذهن‌شان همین سریال‌های تجاری ترکی است. نگاه به فریاد زن، زندگی، آزادی‌شان نکن. مانده تا به آن جاها برسیم. هر کس باشد به اشتباه می‌افتد. من هم که آن عبارت قصه جدید را دیدم پُر از سوال شدم. به بقیه حق بده. از بس همه چیز را بی‌پروا و بی‌پرده می‌گویی آدم‌ها را به شک می‌اندازی.»

در اوج عصبانیت گفتم: «چطور حق بدهم؟ این‌که یک زن شوهردار، شریک عشقی داشته باشد، کجایش قصه جدید است؟ به قول خودت در سریال‌های ترکی، پُر است از این خزعبلات. من گفتم قصه جدید. یعنی به هم یاد بدهیم می‌توانیم هم‌دیگر را دوست داشته باشیم وقتی در جای درست زندگی هم قرار بگیریم. چرا این را کسی نمی‌فهمد؟»

داشتم حرص می‌خوردم و حالم دست خودم نبود. برای این‌که حال و هوایم را عوض کند صدایش را تغییر داد و گفت: «خیر سرت یک عمر مراقبه

کردی. حالا از من و اطرافیانت که هیچ از خودت هم نمی‌توانی مراقبت کنی!»

انگار که به فکر فرو رفته باشد، گفت: «این را هم در نظر بگیر سن و سالِ کم او، تنها متغیر نیست. پارامترهای دیگری هم این وسط بوده که شاید ارگانایز نشده و باعث شده او هم حرف دلش طور دیگری بر زبان بچرخد.»

باز مهندس شده بود. متغیر، پارامتر، ارگانِ نمی‌دانم چه... رفته بود در جلد خودش. از آن حالت قبض درآمده بود. تا نگاهش کردم خندید و گفت: «می‌خواهی بگویی باز مهندس شده‌ام؟!»

❊❊❊

برگشته بودیم به خودمان. شبیه اولین شُره‌های آب گرم در حمام، ثانیه به ثانیه حالم بهتر و بهتر شد. احساس آرامش، لَختی و سبکی عجیبی داشتم.

این‌ها را دیگر بلند نگفتم که برای همیشه تمام شود چون به قدر کافی اذیتش کرده بودم.

اما با خودم فکر کردم واقعا در جهان چند نفر مثل ما هستند که مسائل‌شان را این‌گونه حل می‌کنند!؟ چرا آدم‌ها می‌روند وقتی هزار راه حل بهتر وجود دارد؟ من چرا نمی‌توانم هیچ‌وقت اوضاع را به طور کامل درست کنم؟ اگر بمیرم و این همه مسائل حل نشده باقی بماند، چه؟...

ولش کن. این آغوش امن و آرام جای افکار بیهوده نیست. به خصوص الآن که حس می‌کنم بالأخره از شرّ آن احساس گناه لعنتی خلاص شده‌ام و هیچ عذاب وجدانی ندارم. یک روز همه یاد می‌گیرند دوست داشتن هزار نوع دارد که هیچ‌کدام بوی خیانت نمی‌دهد.

....

چند نکته:

- این قصه برگرفته از یک تجربه واقعی بود. طبعاً تمام حقیقت نیست و به اقتضای شرایط راوی و فراخور فضای داستان‌گونه بودنش تغییراتی داشت.

- به اعتقاد من حضور هر آدمی در زندگی ما موهبت، نعمت و برکت است. افکار و منش ما تعیین می‌کند از این فرصت چطور استفاده کنیم نه اسم و اتیکت‌هایی که روی روابط می‌گذاریم.

- رابطه‌ها به هر شکلی که باشند، قابل احترامند. بپذیریم گاهی همه ممکن است در شرایطی قرار بگیریم که قضاوتش از بیرون واقعا دشوار است.

و اما فارغ از تمام این‌ها؛ از «تورگوت اویار» شاعر ترک زبان وام می‌گیرم که می‌گوید:

تو امّا هیچ‌وقت فراموش نکن روزی که افتاده باشی از زمین بلندت می‌کنم اگر هم نتوانم کنارت دراز می‌کشم.

پراکنده‌گویی: باید کسی کنارمان باشد تا بتوانیم هر غلطی می‌کنیم به او بگوییم.

کسی که کمک‌مان کند غلط‌ها یکی یکی درست شوند.

زن، زندگی، آزادی

بوسیدمت دیروز در میدان آزادی

بوسیدمت وقتی که ایران در اسارت بود

عاشق شدیم در خلوت ممنوع شهری که

ما را رماند و تیر آخر، درد غربت بود

می‌بوسمت امروز دور از هر نبایدها

می‌بوسمت وقتی که دوری بوی غم می‌ده

انگار این آزادی و زن، زندگی می‌خواد

یادم بیاره نسل ما یک عمر جنگیده

می‌بوسمت فردا تو را در قلب آزادی

می‌بوسمت وقتی **برای**[1] «شعر ملّی» شه

آینده از این خاکِ خون‌دیده طلب داره

باید ببینه زندگی از نو شروع می‌شه

---

[1] - ٭برای٭ اشاره به ترانه‌ای است با همین نام که در روزهای آغازین اعتراضات سراسری مردم ایران در سال ۱۴۰۱ هر بند آن با هشتگ #برای، توسط مردم ایران سروده شد و خواننده جوانی به نام شروین حاجی پور با ساخت این ترانه صدای مردم را به گوش دنیا رساند.

چند اثر دیگر از انتشارات

برای تهیه کتاب ها از آمازون یا وبسایت انتشارات می توانید بارکدهای زیر را اسکن کنید

kphclub.com

Amazon.com